廣卓異記卷第九 上下

宋宜黃樂　史子正撰

邑後學黃秩模正伯校

三葉爲國元老 趙熹

右按東觀奏記曰行太尉事趙熹三葉在位爲國元老其以熹爲太傅時年八十而心力克壯繼母在堂朝夕瞻省傍無几杖言不稱老

出入六十年富貴 杜悰

右按唐書邠公杜悰太師佑之孫太尉式方之子起家昇朝再爲少監一爲詹事四爲太卿一守郡一大尹十擁旌節兩登相位三掌邦計再領鹽鐵一判版圖一畱守歷尚書僕射司空司徒太傅封邠公

食邑三千戶尚岐陽公主贈太師凡三十七任出入朝垂六十年唐朝大僚或貶或誅若乃門閥貴盛終始如此者少焉

一座最貴 蕭瑀

右按唐書蕭瑀嘗侍內宴太宗謂侍臣曰自知一座最貴者先把酒時長孫無忌房元齡等相顧未言瑀引手取杯帝問曰卿有何說瑀曰臣是梁朝天子兒隋朝皇后弟唐朝尚書左僕射天子親家翁太宗撫掌極歡而罷

弟男七人同日拜官 郭子儀

右按唐書郭汾陽弟男七人同日有制拜官弟幼沖左庶子曜太子少保兼判詹事晞檢校工部尚書判秘省事晤兵部郎中暧左散騎

常侍曙司農少卿映太常丞汾陽有表謝曰同日而拜前古未聞青紫熠庭冠蓋成里

弟男姪十一人同制授官 劉總

右按白居易爲制詞其畧云劉約等惟爾先父太師濟爲國元臣惟爾兄總襲續名業云云而爾約等皆可任用故昇郡符而加命服者五昇朝序而佐環衞者六朱轓紫綬煥赫相望勳德之家於斯爲盛

官誥一百二十七軸同日入門 沈易直

右按唐建中實錄德宗贈外戚官外祖沈易直贈太傅高祖太保元舅太尉其餘贈三公保傅僕射尚書者又十四人上使中官以廐馬馱官牒送沈氏凡贈官拜職階封爵邑男女官誥一百二十七軸皆

飾以錦翠人以爲榮

羣從甥姪百餘人爲官 韋倫

右按唐書韋倫爲太子少保致仕每朔望入朝羣從甥姪俟于下馬橋不下百人

七子二孫封侯 夏侯惇

右按魏書夏侯惇爲大將軍謚忠侯子充嗣魏帝思惇功欲使子孫畢侯分惇邑千戶賜七子二孫爵皆關內侯惇弟康及子楙素封列侯而太祖以女妻楙素卽清河公主也楙素歷位侍中尚書

子孫五人封侯 曹參

右按漢書曹參野戰功多高祖賜食邑平陽萬六百三十戶號平陽

侯代蕭何爲相子孫五人封侯子時尚平陽公主子襄尚衛長公主

父子兄弟十餘人食邑 蕭何

右按漢書高祖以蕭何功居第一封酇侯賜劍履上殿入朝不趨封何父子兄弟十餘人皆有食邑

爲帝王師封萬戶 張良

右按漢書高帝曰運籌策帷幄中决勝千里外子房功也自擇齊三萬戶良曰願封留侯足矣不敢當三萬戶乃封良爲留侯良曰今以三寸舌爲帝王師封萬戶位列侯此布衣之極於良足矣良祖代五世相韓

三代帝王禮重 李泌

右按唐書李泌天寶中獻書元宗名見命待詔翰林仍東宮供奉肅宗甚禮過楊國忠忌其才奏泌爲詩諷上詔於蘄春安置肅宗北巡會泌在嵩潁間名入延致卧內動皆顧問泌稱山人固辭祿秩以散官拜銀青光祿大夫仍判元帥廣平王行軍司馬事肅宗嘗謂之曰卿侍上皇中爲朕師友今下判廣平行軍朕父子三人資卿道義其見重如此尋爲崔圓李輔國害其能泌乞遊衡山以三品祿俸遂隱衡山代宗登位召入爲翰林學士以至拜相

五世盛德 杜畿　王祇

右按青囊書杜畿爲魏僕射畿子恕幽州刺史恕子預晉鎮南將軍預子錫晉散騎常侍錫子文晉光祿大夫

右按青囊書王昶魏司空昶子湛晉汝南太守湛子承晉東海內史
承子述晉驃騎將軍述子坦之晉安東將軍

十三代子孫二十三人榮貴于栗磾

右按北史于栗磾代人魏大武時冠軍將好持黑矟弓號黑矟將軍
子洛拔侍中尚書令洛拔六子長曰烈領軍將軍侍中尚書令節槩不謝
金日磾烈子祚襲爵祚弟忠領軍將軍侍中尚書令忠弟景武衛將軍
景弟果朔華并恒四州刺史果弟勁女爲宣武后封太原公勁子暉
侍中尚書僕射勁弟天恩遼西太守天恩之子仁生平原太守仁生
子提隴西郡太守提子謹太傅燕國公謹子實開府儀同三司實子
頴澤州刺史頴弟仲文右翊衛大將軍實弟翼太尉翼子璽開府儀

同三司翼弟義潼州總管義子宣敏奉車都尉宣敏子志寧唐宰相
義弟禮上將軍趙州刺史禮弟智封齊國公爲大司空

廣卓異記卷第九終

廣卓異記卷第十 臣下

宋宜黃樂 史子正撰

邑後學黃秩模正伯校

一門二十三人封王 武承嗣

右按唐書天后朝武氏一門封王者二十三人承嗣魏王三思梁王攸曁定王攸寧建昌王攸宜建安王攸緒安平王攸歸九江王攸止恒安王攸望會稽王懿宗河內王嗣宗臨川王尚賓河間王重規高平王載德潁川王求己渤海王敬道天水王延基南陽王延考淮陽王崇訓高陽王崇斂清河王崇基宣城王延暉陳留王延祚咸安王懿宗安撫河北犯法者生取膽虐毒如此

一代五人封王 李方叔 胡長仁

右按後魏書李方叔女爲文成皇后有子五人誕封陳留王峻封頓邱王嶷封彭城王雅封滎陽王白封梁郡王世號爲五王李家

右按北齊書胡長仁兄弟以后族並封王長仁隴東王弟長懷建昌王長咸濟陰王長洪武德王長陸汝陰王

五世封王 穆宗

右按後魏書穆宗子觀觀子壽壽子平國平國子熊五世襲封宜都王故號穆氏五王

四世封王 長孫道生

右按後魏書長孫道生道生子旃旃子觀三世封上黨王觀子雅西

魏馮翊王故號長孫四王

三世封王 陸俟

右按後魏書大將軍河南陸俟封東平王子麗封平原王麗子定國封東郡王

五世侍中 陸英

右按吳書陸英英子玩玩子始始子萬載萬載子眞並世爲侍中

一門二中書令五侍中 謝密

右按宋書謝密黄門侍郎子莊中書令莊之子颺緒中太守颺之弟朏中書監朏之弟顥豫章太守顥之弟嵷嵷之子瀹太傅瀹之子覽中書令覽之弟舉侍中舉之子嘏侍中嘏之子儼侍中伷侍中僑侍中

三代爲侍中 馮魴

右按漢書馮魴父子兄弟並帶青紫三代爲侍中

兄弟四人迭爲侍中 柳忱

右按南史柳氏兄弟十五人第二惔第三惲第四憕第五忱三兩年間四人迭爲侍中復居方伯當世罕比

兄弟俱曾爲侍中 楊恭仁

右按唐書楊恭仁并弟師遠俱曾爲侍中

父子同時爲尚書令中書令 紀騭

右按吳錄紀騭字子上景皇時騭父亮爲尚書令騭爲中書令每朝

會詔以雲母屏風隔坐

父子俱曾爲中書令 王珉

右按晉陽春秋王珉爲中書令珉父洽嘗爲此官珉復繼之時人以爲奕世令望先是王獻之爲中書令卒以珉爲此官世謂之大王令小王令

父子俱上公 司馬孚

右按晉書安平獻王司馬孚爲太宰其長子義陽成王望爲太尉父子居上公自中代未之有也望曾爲司徒代向曾孚年九十

兄弟俱爲中書令 宗秦客

右按唐書宗秦客并弟楚客俱爲中書令

三拜中書令 張說

右按唐書燕國公張說三拜中書令

代恩第爲尚書令 樂廣 王戎

右按晉書樂廣爲尚書左僕射代王戎爲尚書令始戎薦廣而終踐其位時人美之

廣卓異記卷第十終

廣卓異記卷第十一　臣下

宋宜黃樂　史子正撰

邑後學黃秩模正伯校

四世五人爲三公　袁安

右按漢書袁安太僕卿爲司空遷司徒安子敞光祿勳爲司空敞子湯太僕卿爲司空司徒太尉湯子逢屯騎校尉爲司空逢弟隗太常卿爲司空太尉

四世四人爲太尉　楊震

右按後漢書宏農楊震八世祖僖封赤泉侯高祖敞爲丞相父寶隱居不仕自孝安帝至獻帝七世父子並有德業震子秉秉子賜賜子彪自震至元孫彪四世爲太尉

四世四人爲三公　竇巖

右按後魏書竇巖爲司徒巖子畧少傅畧子熾太傅畧孫毅大司馬

三世四人爲三公　宇文永

右按後魏書宇文永爲太尉子測少保測弟深少師深子孝伯少冢宰

三世三人爲三公　李沖　長孫雅

右按後魏書隴西李沖沖之子延實延實之子成三世三人並爲司空

右按西魏書長孫雅爲太師子紹遠爲大司空紹遠子覽爲大司徒

一門七人爲三公 荀勗

右按晉書荀勗爲司徒子藩太保組爲太尉藩子邃爲太保勗卽漢司空爽之曾孫魏太尉堂曾孫晉太尉顗從祖兄子也

一門四人爲三公 賀拔允

右按北齊書賀拔允爲太尉弟勝爲太師岳爲太尉勝堂弟仁爲太師

一門三人爲三公 于謹

右按後周書于謹爲太師子寔司空寔弟翼太尉

四代爲司徒太尉 王宏

右按晉書王宏瑯琊臨沂人曾祖導晉司徒父珣司徒宏至太尉孫僧達爲太尉

屏風隔坐 第五倫 鄭宏

右按後漢書第五倫爲會稽太守舉鄭宏孝廉後宏爲太尉倫爲司空班次之每朝見鄭常曲躬自卑章帝問其故遂聽置雲母屏風分隔其間青史羨之

四辭僕射而後受 荀顗

右按晉書荀顗代陳泰爲僕射領吏部四辭而後受

三拜左僕射 李程

右按唐書彭原公李程自河中節度使拜左僕射頃之領汴州拜左僕射一歲鎮襄陽又拜左僕射自武德至長安四年已前兩拜僕射

爲丞相其後以南省事踈方帯平章之號然非耆德碩老有高名者莫得居焉程故三拜此官不處於古振古爲盛

一門三僕射　韋待價

右按唐書韋待價爲右僕射三從弟安石爲左僕射再從姪巨源爲左僕射

四世爲僕射　封回

右按後魏書封回子隆之隆之子子繪子繪子德彝四世爲僕射德彝入唐按原本作封迴查後魏書作封回因爲更正

三世爲僕射　謝安

右按晉書謝安安之子琰琰之子琨三世爲僕射

三世爲令僕　王述　孔愉

右按晉書中書令王述述子坦之坦之子瑜三世爲中書令兼僕射

右按晉書孔愉爲僕射愉子安國爲僕射孫靖爲僕射兼尚書令

神告僕射　李靖

右按小說李衛公始困於貧賤因過華山廟訴於神且請告以官位所至詞色抗厲觀者異之佇立良久乃去出廟門百許步聞後有大聲曰僕射好去顧不見人其後竟至端揆

白衣尚書　鄭均

右按後漢書鄭均爲尚書澹泊無欲以病乞骸骨終不肯起帝　車駕幸均舍勅賜尚書祿終其身時人號爲白衣尚書

五世爲吏部尚書 何尚之

右按宋書何尚之子偃偃子戢戢子昌禹昌禹子敬容五世爲吏部尚書

四世五人爲吏部尚書 王敬恒

右按宋書王敬恒子瓚之延之瓚之子秀之秀之子俊之四世五人皆爲吏部尚書

兄弟同時左右丞 崔知悌

右按唐書崔知悌爲左丞知悌之弟知温爲右丞兄弟同時對居二轄

從者答神人曰魏公舒 魏舒

右按晉陽春秋魏舒少時嘗宿於野主人產子俄而聞車馬聲有人問爲男爲女從者曰男也令書之年十五當以兵死又問寢者誰曰魏公舒後十五年舒往問之所生子果爲斫桑斧所傷而死舒後果爲三公是知人之爵祿前定矣悲夫鋭於名者如之何

贈童子木馬 段暉

右按北史段暉姑臧人漢太尉熲之後身長八尺餘師事歐陽氏有一童子與暉同志後二年辭歸從暉請馬暉戲作木馬與之童子甚悅謝暉曰吾太山府君子奉勑遊學今將歸損子厚贈無以報德子後當至方伯封侯非報也其以爲好言終乘馬騰虛而去暉乃自知必將貴仕乞伏熾盤爲輔國大將軍涼州刺史遷御史大夫西海侯

白鬚公神語 羅宏信

右按小說羅宏信初爲本軍步射小校掌牧圉曾宿魏州觀音院門外其地有神祠俗號曰白鬚公巫有宋千者忽謂宏信曰夜來神有語君不久爲此地主佗日復言之不期月軍變推宏信爲帥果加至太尉封臨淄王

廣卓異記卷第十一終

廣卓異記卷第十二 雜錄

宋宜黃樂　史子正撰

邑後學黃秩模正伯校

宰相乘車入宮殿 車千秋

右按漢書車千秋爲丞相年老乘小車入宮殿曰小車丞相 千秋自鬭寢郎論戾太子事一日超九級至鴻臚卿

三公乘小馬入東西臺 李勣 許敬宗

右按唐書高宗龍朔三年移仗就蓬萊宮始御紫宸殿聽政五月司空李勣太子少師許敬宗入朝日聽乘小馬入東西臺仍令一卑官迎送時高宗改中書門下省爲東西臺

侍讀腰轝入內殿 褚無量

右按唐書褚無量元宗朝爲右散騎常侍崇文館學士侍讀以年老每隨仗出入時許緩步特與造腰轝令內給使舁於內殿或上居別館以路遠則命宮中乘馬上親自送迎以申師資之禮

逸人不拜天子 盧鴻

右按唐書元宗徵嵩山逸人盧鴻三詔至及謁見不拜磬折而已問其故鴻曰臣聞老子云禮者忠信之薄不足可依山臣鴻敢以忠信奉見上異之賜宴拜諫議大夫章服並不受遂送還所居

父子草傳位冊書 賈曾

右按唐書睿宗傳位與元宗賈曾草冊書天寶十五年逆賊陷闕大

駕巡狩至渭水父老擁肅宗不得去元宗召曾之子草冊書令肅宗
監國上謂至曰兩朝內禪典冊皆出卿父子何太盛也

父子撰帝王父子實錄 沈既濟

右按唐書沈既濟爲禮部員外郎撰德宗建中實錄子傳師爲吏部
侍郎繼修憲宗實錄未竟出鎮湖南特詔成於邸所時論榮之

父子有策廢功 李義府

右按唐書李義府以立天后之勳授封後子湛爲羽林將軍與張柬
之廢天后以功開國時人以爲父子勳業皆因天后

令自揀拜相日 劉瑑

右按東觀奏記河東節度劉瑑在內署日上深器異大中十年手詔

追之既至拜戶部侍郎判度支十二月十七日次對上以御案歷日
付瑑令於下旬擇一吉日瑑不諭旨上曰但揀一拜官日即得奏二
十五日佳上笑曰此日命卿爲相祕世無知者高湜自集賢校理爲
鳳翔從事湜即瑑舊寮也二十四日辭瑑於私第湜曰竊度旬時必
副具瞻之望瑑笑曰來日具瞻何旬時也湜驚不敢發詰旦果爰立
矣始以此事泄於湜

三入承明廬 應璩

右按文章錄曰應璩博學善屬文嘗作百一詩云問我何功德三入
承明廬璩初爲侍郎又爲常侍又爲侍中故云三入

七代通顯 應順

右按漢中興初有應嫗者生四子而寡見神光照社試探之乃得黃金自是諸子官學並有才名至瑒七代通顯應順將作大匠子疊江夏太守疊生郴武陵太守郴生奉從事中郎奉生劭車騎將軍掾劭弟珣司空椽珣子瑒爲丞相椽

一人四事一同 鄭玨

右按五代史鄭玨十九舉及第名姓在第十九人登第後十九年爲相於昆仲中又第十九聞者異之

二人四事相同 李摯 李行敏

右按摭言唐貞元十二年李摯以宏詞振名與李行敏同姓同年登第又同甲子及第時俱年五歲又同門摯嘗答行敏詩云因緣三紀異契分四般同

衣錦還鄉 朱買臣

右按前漢書朱買臣吳人家貧好書負薪歌道中妻羞求去嚴助薦買臣爲中大夫東越反覆拜爲會稽太守帝曰富貴不還故鄉如衣錦夜行今子如何買臣辭謝遂乘驅馬車去會稽聞太守至發民治道並縣長吏送迎車數百餘東入吳界見故妻與夫治道買臣悉召故人與飲食有恩者皆報復焉

賜錦袍還鄉 魏元忠

右按唐書魏元忠爲宰相神龍二年還宋州拜掃詔宰相及諸司長官送於上東門給千騎四人左右上幸白馬寺以送之賜錦袍一領

銀千兩制曰衣錦晝遊在乎茲日散金敷惠諒屬斯辰元忠至鄉無所賑施議者非之

都門祖二疏 疏廣 疏受

右按前漢書疏廣與兄子受蘭陵人地節三年立皇太子廣爲太傅受爲少傅每朝進見太傅在前少傅在後父子並爲師傅朝廷以爲榮在位五歲廣謂受曰吾聞知足不辱知止不殆功成名遂身退天之道也此而不去懼有後悔豈如歸老故鄉郎日父子移病上許之賜黃金二十斤皇太子贈五十斤公卿大夫故人邑子祖道供張東都門外送者車數百兩辭決而去觀者皆曰賢哉二大夫歎息爲之下泣其後張景陽詠史詩美之云達人知止足遺榮忽如無抽簪解

朝衣散髮歸海隅

大臣歸鄉事 苗晉卿 邱爲

右按說苑苗晉卿採訪河東歸鄉拜掃郡將宴苗使屬縣令行酒酒至苗必起身受杯立飲卒爵又市老獻酒苗降西階拜之而後飲時人稱之時自天官侍郎河東採訪使歸潞州壺關縣

右按說苑邱爲庶子以常侍致仕歸江東縣令詣之必候門磬折而俟授坐必拜本鄉里胥在階下立邱不敢坐令命之坐仍令執樸以授之時年八十將過縣門必降乘而趨鄉里美之

自相位至節度九表讓官 牛僧孺

右按唐文宗實錄牛僧孺爲相三表求免出淮南一年六表讓官除

東畿防禦使詔以疾辭榮誠嘉止定又改授左僕射中使送官誥往舊例留守除內官無送告身例及見稱疾不出復除襄陽上欲留之僧孺懇辭出外名對數刻因賜觚散樽杓一盤上曰以卿正人故賜古器先是僧孺太和中爲相日言太平無象至是思之僧孺自相位至節度凡九讓可以懲躁競之夫矣

讓太尉位與管寧 華歆

右按晉書先是華歆與管寧邴原相友善魏明帝卽位以歆爲太尉歆乃遜位讓寧徵命安車不起寧年八十環堵蓽門偃息窮巷吟詠詩書不改其樂惜位者銳進者讀書至此不亦羞乎

廣卓異記卷第十二終

廣卓異記卷第十三臣下

宋宜黃樂　史子正撰

邑後學黃秩模正伯校

兄弟同時爲翰林學士 吳通微

右按唐書吳通微弟通元貞元中同時爲翰林學士承德宗顧遇唱和歌詩批答表疏移院舍鑾坡下有逾月不出時詞臣之盛近無其比

兄弟相代爲翰林學士 高元裕

右按唐書高元裕爲翰林侍讀學士拜御史中丞兄少逸自諫議大夫代弟爲翰林學士兄弟迭處內庭時人榮之

兩代四人爲翰林學士 楊收

右按唐書楊收收之子鉅收之弟嚴嚴之子汪兩代四人爲翰林學士

三代五人爲翰林學士中書舍人 韋貫之

右按唐書韋貫之憲宗朝翰林學士中書舍人伯兄綬德宗翰林學士綬之子溫遷翰林學士以父曾拜此職不就貫之子澳宣宗翰林學士澳之子庠僖宗中書舍人庠之弟郊昭宗中書舍人翰林學士

同年五人同爲翰林學士 庾敬休 高鉞 柳公權 李紳 韋表微

右按唐書元和元年禮部侍郎崔邠下一牓放進士十三人其後庾敬休等五人長慶中爲翰林學士

張沆二　吳承範　湯鵬　江文蔚　范禹偁

右按五代史長興二年考功員外郎盧華下進士八人內張吳湯盡爲翰林學士江歸僞唐爲翰林學士范入僞蜀亦入翰林爲學士

座主與門生同在翰林 和凝　李澣

右按五代史長興三年翰林學士知制誥和凝知貢舉放進士二十四人李澣及第未數載與座主同列內署和大拜制澣草之澣不俟和命其閣中器皿動用盡輦歸私室以爲濡毫

封舜卿二　鄭致雍

右按五代史禮部侍郎封舜卿梁開平三年知貢舉放鄭致雍狀元及第後舜卿與致雍同受命入翰林爲學士致雍有俊才舜卿才思拙澀及試五題不勝困弊因託致雍秉筆當時議者以爲座主辱門生

王起二　周墀

右按唐書長慶二年王起自中書舍人知貢舉放進士周墀及第其後同在翰林會昌三年起自僕射再放牓時周墀任華州因寄詩賀起詩中敍同在翰林今故錄之詩曰文場三化魯儒生二十餘年振重名曾忝木雞誇羽翼又陪金馬入蓬瀛墀幼年木雞及第又雖欣嘗倍僕射守職內庭月桂居先折更羡春蘭最後榮欲到龍門看風水關防不許暫離營起答曰貢院離來二十霜誰知更忝主文場楊葉縱能穿舊的桂枝何必愛新香九重每憶同仙禁六義初吟得夜光莫道相知不相見

蓮峯之下欲徵黄

門生爲翰林學士撰座主白麻（薛廷老）

右按唐書凡及第人入爲翰林學士者甚衆或座主先逝或座主官位不及於内制者唯薛廷老在翰林座主庾承宣拜兖海節度使廷老爲其詞時人榮之

使主未離鎮掌書記爲翰林學士草加官白麻（高璩）

右按唐書大中年中白敏中爲荆南節度使高璩試大理評事爲敏中掌書記尋入拜右拾遺間一歲充翰林學士草敏中加太子太傅制乃賀敏中狀云去年草檄猶依劉表之門今日揮毫獲叙周公之德時人以爲盛事

翰林學士自著綠賜紫（馮道　陸贄）

右按後唐書莊宗郎位馮道自省郎充翰林學士由著綠便賜紫

右按唐書陸贄十八進士及第升宏爲翰林學士自著綠便賜紫德宗呼爲陸九常脱御裳賜之至若不名呼則神堯皇帝呼裴寂爲裴監呼蕭瑀爲蕭郎則有之呼第行則未有其寵如是（姜皎者元宗在藩皎察上非常之度尤委心焉及即帝位常申宴私呼之姜七而不名）

三度爲翰林侍讀學士（柳公權）

右按唐書柳公權元和十五年自右拾遺充翰林侍讀長慶二年改右補闕出太和二年自司封員外郎入至五年改右司郎中出太和八年自右司郎中入開成五年加散騎常侍出凡三入翰林爲侍讀

學士

天子謂學士曰加官之喜 裴諗

右按東觀奏記裴諗爲學士一日加承旨上幸翰林諗寓直便中謝
上曰加官之喜不與妻子相面得否便放卿且歸諗降階蹈謝却召
上以御盤果實賜之諗以衫袖張受上顧一宮嬪傾下取一小帛裹
之賜諗諗父度元和中君臣魚水之分遂於諗恩禮亦異焉

一夜草一十五將麻制 范質

右按五代晉書范質爲翰林學士時戎王將圖南冦少帝徵外諸侯
用兵因是觀其進退以去留之八月一日有制命一十五將以北京
留守劉充爲行營都統等是夜質直金門帝以制多令召别學士共

草公奏曰今或夜開禁門必恐漏泄機密臣之罪也不若臣獨草遲
明已封進訖付外丞相於閤中覽制咸異之曰昔草五王制者傳作
美談今范公獨草十五將麻制眞大手筆也質周太祖朝拜相

廣卓異記卷第十三終

廣卓異記卷第十四臣下

宋宜黃樂　史子正撰

邑後學黃秩模正伯校

三世三人入北省　李懷遠

右按唐書李懷遠黃門侍郎平章事子景伯給事中景伯子彭年中書舍人給事中

兄弟三人入北省　溫大雅

右按唐書溫大雅黃門侍郎弟彥博中書令彥將中書侍郎與兄大雅同時爲給事中中書舍人同時爲兩省侍郎高祖曰我起義晉陽爲卿一門爾

父子三人中書舍人　韋安石　陸元方　崔融

右按唐書韋安石子陟陟弟斌俱爲中書舍人斌子忠隱王屋山徵拾遺不起以起居郎徵半載棄官又以司封員外郎徵辭疾元和初諫議大夫徵就官數月乞骸骨以處士致仕軒冕之家高尚自處四徵終去時人美之

右按唐書陸元方子象先象先弟景融俱爲中書舍人時中書舍人四人各坐一省世謂之四戶呂文題請之勢傾天下

右按唐書崔融子禹錫禹錫弟翹俱爲中書舍人

四代中書舍人　李德林　張嘉貞

右按隋書李德林隋中書舍人子百藥百藥子安期安期孫義仲俱爲唐中書舍人

右按唐書張嘉貞子延賞延賞子宏靖宏靖子次宗四代並爲中書

舍人

三代中書舍人 徐齊聃

右按唐書徐齊聃子堅堅子嶠三代爲中書舍人

鳳閣王家 王易從

右按唐書王易從弟擇從朋從吉從昆仲四人開元中三至鳳閣舍人故時人號爲鳳閣王家

三王 王珣

右按唐書秘書監王珣與兄璵弟瑨齊名並官至中書舍人時人謂之三王

兄弟二中書侍郎 楊宏禮

右按唐書楊宏禮并弟宏武俱爲中書侍郎

一家四人給事中 李處宜

右按唐書李處宜堂弟塡再從弟顒顒弟令昌四人皆曾爲給事中

兄弟三任一同 孔若思

右按唐書孔若思爲給事中弟仲思與兄自太府虞部員外郎并給事中三任同是一府又同時列戟

兄弟對居兩省 劉禕之

右按唐書劉禕之爲北門學士兄懿之爲給事中兄弟並居兩省同爲侍奉官論者美之

兄弟對居兩制 趙光逢 劉濤

右按唐書趙光逢中書舍人翰林學士弟光裔知制誥兄弟時對掌內外制命

右按五代史開運初劉濤拜中書舍人是時弟澣方任翰林學士昆仲分居兩制時人美之

六度入兩制 徐台符

右按五代史徐台符清泰中膳部員外郎知制誥其後兩丁憂去職再入開運初入翰林又轉中書舍人尋陷蕃乾祐中又除中書舍人世宗初又入翰林歷禮刑兵三侍郎充職二十年間四登西掖兩入北門迭居玉堂之中亦儒者之奇也

三代四學士 于休烈

右按唐書于休烈集賢殿學士祖志寧爲十八學士休烈長子益次子肅相繼爲翰林學士休烈妻韋氏卒代宗以父子儒行特贈韋國夫人葬日給鹵簿鼓吹休烈卒自工部尚書贈左僕射儒士終始之榮未有其比

兄弟三人學士 顏師古

右按唐書顏師古秘書監宏文館學士弟相時禮部侍郎崇賢秦府二學士勤禮曹王及宏文館直學士

德宗批出知制誥官 韓翃

右按小說韓翃佐李勉夷門之幕同院韋巡官一夕扣門見韓曰員外除駕部郎中知制誥韓愕然韋曰邸狀報制誥闕人中書取旨德宗批曰與韓翃時有與翃同姓名者又其二人同進御筆批曰春

廣卓異記卷第十五 臣下

宋宜黃樂　史子正撰

邑後學黃秩模正伯校

三世爲司隷 趙興

右按漢書趙興下邳人不卹諱忌每入官舍輒便繕修館宇穿移改築故犯妖禁而家人爵祿益用豐熾官至潁川太守子峻太傅以才器稱孫安代三官皆爲司隷時稱其盛

子孫七人爲廷尉 郭宏

右按漢書郭宏陽翟人家代衣冠太守寇恂以宏爲決曹椽斷獄三十年用法寬平郡内比之東海于公年九十五卒子躬明法律爲廷

尉躬中子晊至南陽太守躬弟子鎮再遷尚書令封定潁侯鎮長子賀累遷廷尉襲封樂成侯鎮弟子禧爲廷尉遷太尉禧子鴻至司隷校尉封安鄉侯郭氏自宏後數代皆傳法律子孫公者一人廷尉七人侯者三人刺史二千石諸中郎將二十餘人御史正卿監者甚衆

三世爲廷尉 吳雄

右按後漢書吳雄河南人以明法律桓帝時自廷尉致位司徒雄少時家貧母葬之所封之地不卜時日巫言族滅而雄子訢孫恭爲廷尉

父子二人爲御史大夫 杜周 竇德元

右按漢書杜周爲御史大夫廷年爲御史大夫居父官府不當舊位

坐臥皆易其處子緩太常卿大弟五人至大官少弟熊歷五郡二千石三州牧

右按唐書竇德元爲御史大夫子懷貞亦爲御史大夫

兄弟二人並拜御史大夫 李峘

右按唐書李峘自戶部尚書弟峴自京兆尹並拜御史大夫俱判臺事自唐初以來兄弟並拜大夫未有其比是時長安士庶皆賦詩以美其事

父子二人爲中丞 李乾祐 一

右按唐書李乾祐與子德俱曾爲御史中丞

王德儉 二

右按唐書王德儉德儉之子璿俱爲御史中丞

張楚金 三

右按唐書張楚金與子倚俱爲御史中丞

五世爲河南尹 裴諝

右按唐書裴諝霓之子除河南尹乃曰此官諝家五世爲之諝坐未嘗正位以寬厚和易爲禮

兄弟四職相代 韋承慶

右按唐書韋承慶長壽年中與弟嗣立相代爲鳳閣舍人長安三年承慶又代嗣立爲天官侍郎頃之又代爲黃門侍郎四職相代時人曰大郎罷相二郎拜相中宗授嗣立黃門侍郎制曰芝蘭並秀見謝

石之階庭騏驥齊驅有劉山之昆季史曰近者命茲鸞著已擢雁行纔出芸扃奄歸蒿里永言判樹坐折連枝眷彼恒山空餘一鳥俾遷榮於皂蓋宜襲寵於黃樞

一家五人仕青宮 崔神基

右按唐書崔神基庶子弟神慶庶子神福庶子神慶子琳少保珪庶子詹事

一門三傳 劉承顏 薛綜

右按唐書開元中劉承顏與弟瑗瑗弟琎兄弟三人相繼爲太子太傅仍帶銀青光祿大夫

右按吳志薛綜綜子瑩瑩子兼三人皆爲太子太傅樸按原本作吳書今據三國志

正

父子三人皆爲史官 劉子元

右按唐書劉子元散騎常侍修國史子貺起居舍人修國史餗補闕修國史三代爲史官儒者榮之子元初欲爲著作郎乃曰若博覽羣籍非此官不可薛元超爲中書令曰吾有三恨不以進士及第不娶王姓女不得修國史餘無所恨是知史官不易得也

衣道服知史館事 尹愔

右按元宗實錄開元中以道士尹愔爲諫議大夫集賢院學士兼知史館事賜朝散階愔懇辭詔許衣道服視事

九世有史傳 王導

右按晉書王導導子洽洽子珣珣子曇首曇首子僧綽僧綽子儉儉

子仲寶仲寶子規規子褒九世自有史傳

三代司業孔穎達

右按說苑孔穎達子志元孫惠元代傳儒學善教胄子三代司業可謂盛哉

侍讀坐宣賜牀歸家王迴質

右按說苑王迴質自山東褐衣召拜壽王等侍讀蒙賜帛牀褥衣衾等令迴質坐牀上羅列所賜使金吾舁歸其家觀者如堵咸曰稽古之力也晉桓榮亦是

廣卓異記卷第十五終

廣卓異記卷第十六 臣下

宋宜黃樂　史子正撰
邑後學黃秩模正伯校

子代父為太僕卿 公孫敬聲

右按漢書公孫賀自太僕卿遷為丞相其子敬聲代父為太僕卿

父子三人為大卿監 模按原本脫落此條不知係何人無從增補查總目內有此條目茲將其目添入並

空白二行

父子兄弟四人大卿監 閻立德

右按唐書閻立德將作大監子元遂司農卿弟立行衛尉卿立本將作大匠替為工部尚書 立本善畫太宗召畫水鳥閣外傳呼云畫師深為愧赧立本後與姜恪出禦吐番立本以畫見稱時人曰左相宣威沙漠右相馳譽丹青三館學士放散五臺令史明經也

兄弟六人同至三品 崔邠

右按唐書崔邠弟酆郾鄯鄲兄弟六人同奉朝請官皆至三品

三世執金吾 程知節 田仁會

右按唐書程知節為武侯將軍知節子處弼處弼子孝伯並為金吾將軍

右按唐書田仁會為武侯將軍仁會子歸道歸道子賓筵並為金吾將軍

三世將軍 薛仁貴 盧定與

右按唐書薛仁貴威衛將軍子訥左衛將軍又徵羽林將軍訥子暢金吾將軍

右按唐書盧定與武侯將軍子師德威衛將軍師端左衛將軍師昌金吾將軍師端子恒允右衛將軍

父子爲武侯大將軍 趙道興

右按唐書趙道興父才隋右武侯將軍道興貞觀初歷左武侯中郎將號爲稱職太宗曰卿父爲隋武侯將軍有當時之譽卿今克傳弓冶可謂不墜家聲因擢右武侯將軍其父時廨署仍舊不改時人以爲榮道興自常指其廳事曰此是趙才將軍廳今還使趙才兒坐爲朝野所笑傳爲口實

三品要職 王及善

右按唐書上元二年以王及善爲右千牛衛將軍上謂曰朕以卿忠謹故與卿三品要職佗人誰得至朕所卿佩長橫刀在朕左右知此官貴否

與府主同爲金吾 張暐

右按李同說苑張暐爲京兆尹徐知仁爲醴泉尉後張爲金吾而知仁四歲八改亦至金吾常惕息以奉張張接之不失朋僚 孟温尹京兆宇文融尉富平後爲鴻臚孟爲司農相見此舊禮其爲時議所短

兄弟同時列棨戟 張文師 張沛 崔琳

右按唐書張文師與弟延師皆帶銀青延師弟檢師金紫兄弟三人同時列戟人稱爲三戟張家文師曾姪孫去奢少府監去奢弟去逸光祿卿去逸弟去盈衞尉卿皆是銀青階已上兄弟三人又再列三戟

右按唐書張沛沛弟洽洽弟涉兄弟三人並同時列戟沛兄潛知魏州沛同州洽衞州涉沂州父文權爲侍中時人呼爲萬石張家

右按唐書崔琳弟珪瑤伯仲多至大官每宴集組印相輝華轂盈門以一榻置笏猶重疊於其上自開元迄于天寶十五年無中外緦麻喪私第在東都並列棨戟當時號爲三戟崔家前後不同五戟者不書

子姪三人並授上柱國劉仁軌

右按唐書劉仁軌伐新羅以功進爵爲上公并子姪三人並授上柱國州黨光顯號其所居爲樂成鄉三柱里仁軌拜相時讓左僕射

廣卓異記卷第十六終

廣卓異記卷第十七 臣下

宋宜黄樂　史子正撰
邑後學黄秩模正伯校

七爲大總管帶平章事 魏元忠

右按唐書魏元忠自御史中丞拜相七爲大總管天兵道天兵中道隴右道蕭關道三爲靈武道並不去平章事兼三作副元帥

代妻父爲節度使 韋皐

右按唐書韋皐自鳳翔判官授殿中侍御史權領隴州立殊功拜節度使朱泚卒入爲金吾將軍皐妻父張延賞先爲西川節度使四年之内皐代領西川 皐生三日胡僧曰諸葛武侯後身也長大必却坐蜀因以武子爲字

父子同時爲節度使 韓宏　田宏正

右按唐書韓宏子公武俱立殊功宏任汴州節度使公武鄜州節度使宏弟充鄭滑節度使 公武卒宏孫紹宗嗣爲鄜坊節度使模按原本二鄜字均訛作鱗字並據唐書改

右按唐書田宏正子布俱立殊功宏正魏博節度子布涇原節度又韓田二家當憲宗時遂爲當代之榮或曰王智興河中晏平靈武安得不書智興逐崔羣刼徐州晏平用賄十萬得朔方其後坐贓黜永州司戶安可與韓田二家爲比 模按卓異記兩度下均有使字涇作經中下有子字下智上有斟曰王字

子四人俱任節度使 李晟

右按唐書西平王李晟立收城之功其後四子皆秉節旄愿夏徐鳳翔汴河中憲愿聽愬唐廣隨襄陽鳳翔徐博聽鄜靈夏并滑魏邠寧

徐鳳翔河中晟愬愿皆任鳳翔聽又任時人榮之聽七歲爲協律入公署吏胥小之不爲致禮聽鞭之見血西平大奇之

三人皆當爲方伯 沈攸之 孫超之 全景文

右按南史沈攸之微時與吳人孫超之全景文共乘一舩入都引舩過津有一人面相之曰君三人皆爲方伯復謂攸之曰苟有不驗便是相書誤耳後攸之爲荆郢二州超之爲廣州景文爲南豫州

四世爲本郡太守 孔愉

右按晉書會稽孔愉愉子安國愉孫靖靖二子山士靈符四世五人本郡太守

四世爲本郡刺史 畢衆敬

右按後魏書東平畢衆敬子元賓元賓子祖暉祖暉子義雲四世爲本郡刺史衆敬致仕後元賓爲之

三世坐益州 周訪

右按晉書汝南周訪訪子撫撫子楚三世爲益州刺史

三世坐蒲州 崔義元

右按唐書靖兵公崔義元子神基孫琳三世爲蒲州

二世坐平盧 薛楚玉

右按唐書薛楚玉爲平盧節度使曾孫平亦爲之薛仁貴子楚玉楚玉子嵩嵩昭義節度嵩子平兩鎮滑州一鎮平盧

父子坐興元 鄭餘慶

右按唐書鄭餘慶鎮興元創儒宮學館子澣文鎮興元復繼前美先是

餘慶自外入覲辭時爲補闕憲宗曰卿之令子朕之直臣更相賀遂遷起居舍人

大馮君小馮君　馮野王

右按漢書馮野王弟立相代爲上郡守民歌曰大馮君小馮君兄弟繼踵相因循政如魯衞德化均

大雍州小雍州　韋慶遠

右按後魏書韋慶遠弟暉業兄弟繼爲雍州刺史時號大雍州小雍州永徽之後盧承慶承業兄弟相代爲雍州長史時人亦稱大小雍州在京城有牧守皆親王兼領而長史最爲官長與今京兆尹同

大鄭公小鄭公　鄭祖述

右按北齊書鄭祖述爲光州刺史父道昭時亦爲光州刺史民歌曰大鄭公小鄭公相去五十載風教猶尚同

父子交代爲刺史　韋康

右按漢書韋康代父端爲荆州刺史父出傳舍子入居州時人榮之

兄弟前後爲一州刺史　夏侯亶　楊播　賈敦頤

右按晉書夏侯亶弟悳皆曾任豫州刺史人歌曰我之有州賴有夏侯前兄後弟布政優優

右按南史楊播爲華州刺史後弟津亦爲華州刺史當世榮之

右按唐書賈敦頤弟敦實貞觀中爲饒陽令有能名時制大功已上不得聯職敦實兄敦頤復爲瀛州刺史朝廷以其兄弟廉謹特令同州時人榮之後敦頤與敦實前後俱爲洛州刺史百姓懷其政惠樹

碑於道傍頌其德政兄弟雙建時人呼棠棣碑

父子三人旌節坐本郡 李全忠

右按唐年補錄李全忠本范陽人子匡威匡威弟匡籌父子三人相繼擁旌節坐本郡 全忠乾符末爲棣州司馬有蘆一枝生于室尺餘三節問別駕張建章建章曰苻洪池中蒲生九節爲瑞乃姓蒲子孫昌盛況蘆者茅也合生陂澤而生于室非常也君必分茅之貴三節者傳節鉞三人也後果如其言摸按原本弟字下空白一字籌訛傳又小註別字上瑞人二字下各空白一字陂訛陵並據唐書北夢瑣言等書補改

舉主與孝廉相代 范律明 傅燮

右按後漢書靈帝時范律明知人舉傅燮孝廉及燮爲漢陽太守與律明交代合符而去鄉邦榮之

廣卓異記卷第十七終

廣卓異記卷第十八　雜錄

宋宜黄樂　史子正撰

邑後學黄秩模正伯校

就私第注官　裴光庭

右按唐書僕射裴光庭罷相知選朝庭優其年德令就私第注官自宣平坊牓引士子以及東市兩街時人以爲盛事

兄弟並導騶而行　張纘

右按梁書舊制僕射中丞坐位東西相向時太同四年元日大會張縮爲中丞兄纘爲僕射及百司就列兄弟並導騶而行分騶兩塗前代未有時人榮之

徵光寺錢　韓滉　張正元　王宗

右按國史補韓滉爲宣武節度使張正元爲邕館經畧使王宗爲壽州刺史皆自大理寺移牒徵光寺錢相繼而至寺監以爲榮

父子並命　趙宗儒

右按唐書趙宗儒自陸渾主簿拜右拾遺充翰林學士時父驊改秘書少監與父並命出於中旨當時榮之宗儒後罷拜吏部侍郎德宗勞之曰知卿閉關六年故有此拜曩與先君並命尚念之耶宗儒俯伏流涕

荀氏八龍　荀儉

右按荀氏譜荀儉漢侍中晩之父儉之弟緄爲漢南相緄弟靖或問汝南許劭曰

靖爽孰賢邵曰二人皆王佐也慈明外光叔朗內潤靖爽隱身修舉動必以禮太尉徵不就年五十五靖弟燾舉孝廉年七十燾弟汪昆陽令年六十汪弟爽公車徵爲平原相遷光祿勳司空自被徵命九十五日遂登台司年六十三爽弟肅守武陽令年五十肅弟專司徒年七十朗陵令潁川荀季和之八子並有德業時人號之八龍並在西豪里渤海苑康知名士也時爲潁陰令美之曰高陽氏有子八人遂改所居爲高陽里楧按原本王字下脫佐字兩燾字皆作壽司空下有一出字出字下空白四字又西訛四苑作宛並據後漢書增補刪改

比荀氏八龍 崔琯

右按唐書同州刺史崔邠有子七人皆至達官時人比之荀氏八龍

長曰琯工部侍郎弟珙宰相太子少師瑨二郡刺史璪刑部尚書璵兵部侍郎子濬吏部侍郎孫遠拜相球尚書珦史官史官曰崔氏咸通乾符之間昆仲子弟曳組拖紳歷臺閣踐藩嶽者二十餘人大中以來盛族時推甲焉楧按崔邠有子七人璵兵部侍郎查唐書作崔璵生八子璵河中節度使又按原本史官曰脫史字今增

五絕 虞世南

右按唐書太宗嘗命寫列女傳裝屏風于時無本世南暗書一無遺失上出行有司請載書帝曰不須虞世南在此行秘書也嘗臨朝稱世南一人遂兼五絕一曰德行二曰忠直三曰博學四曰文詞五曰書翰及卒上曰石渠東觀之中無復人矣又爲詩一篇追思往古興亡之事既而歎曰鍾子期死伯牙不復鼓琴朕之此篇將何事所示

因命褚遂良詣其靈帳讀而焚之其見重如此（此模按原本作一曰博聞二曰德行三曰書翰四曰詞藻五曰忠直查唐書作一曰德行二曰忠直三曰博學四曰文詞五曰書翰又見字下脫一重字並改增）

鬼謠 錢起

右按唐書錢起吳人工五言詩初從鄉薦寄居江湖嘗於客舍月夜獨吟聞人吟於庭中曰曲終人不見江上數峯青起愕然攝衣而視之無所見矣以爲鬼怪而誌其十字及就試之年座主李暐試湘靈鼓瑟詩題有青字起卽以鬼謠十字爲落句暐深嘉之稱爲絕唱是歲及第其省試詩曰善鼓雲和瑟嘗聞帝子靈馮夷空自舞楚客不堪聽雅調凄金石清音發杳冥蒼梧來怨慕白芷動芳馨流水傳湘浦悲風過洞庭曲終人不見江上數峯青

文士聲名播蠻夷 張文成 蕭穎士 馮定

右按唐書張文成下筆成篇七應舉四參選制策皆登甲科員半千曰張子之文如青銅錢萬中揀萬未聞退時時人號爲青錢學士久視中太常令馬仙童 默啜問文成何在仙童曰自御史貶官默啜曰此人何得不用而後新羅使入就寫文章而去其才名遠播如此

右按唐書蕭穎士字茂挺聰俊一覽無遺嘗有新羅使至云願蕭夫子爲國師其聲名遠播如此

右按唐書諫議大夫馮定長慶中源寂使新羅見其國人傳寫定所爲碑記又韋林符之使西番也見其國人寫字商山記以代屛障其文播於夷狄有如此者

將士割股祭長帥 烏重允

右按唐書烏僕射爲將師討蔡州日有蔡將李端來降其妻爲賊縛於樹臠食至死絶猶呌其夫曰善事烏僕射其得人心如此烏自行間至長帥赤心奉上能下同甘苦不居功勳善待寮佐當時名士咸願依焉病時將士割股以療後有軍士二十餘人皆割股以祭焉古之良將無以加焉今錄於卷中以爲將帥之元龜 模按烏重允原本脫重字據唐書增

胡雛異事 石勒

右按晉陽春秋石勒羌種乞翼伽之子勒初生赤光滿室白氣自天屬于庭中所居武鄉山草木皆作鐵騎之形每耕聞鼙鼓之聲年十七倚嘯上都門王夷甫見而異之曰此胡雛聲貌有奇志不殺爲天下患東瀛公賣與師歡勒耕田以石爲姓以勒爲名僭帝位稱後趙十五年

導母鞶太常閱樂 崔邠

右按唐書崔邠授太常卿故事太卿初上閱四部樂於官署觀者縱焉邠自私第去帽親導母鞶公卿逢者爲迴避之衢路以爲榮

婦人衣冠貴盛 苗夫人

右按唐書苗夫人其父太師也其舅張嘉貞宰相也其夫延賞宰相也其子宏靖宰相也子婿韋皐太尉也

父子忠烈 袁憲

右按李同說苑文皇謂岑江陵曰梁陳名臣子弟有堪引者否對曰

隋師入陳百司奔散唯袁憲在主旁王充受越王禪憲子承家爲給事中託疾不署名此父子足稱忠烈於是拜承家弟承序爲晉王文學

一門忠孝 卞壼

右按晉書卞壼爲領軍將軍蘇峻反苦戰死時二子眕盱見父沒相隨赴賊同時見害眕母裴氏撫二子屍曰父爲忠臣汝爲孝子夫何恨哉徵士翟湯聞而歎曰父死於君子死於父忠孝之道萃其一門臣史嘗聞封德彝等在隋末親見虞世基被難世南匍匐而請代善心之死敬宗自以求生即不知敬宗爲儒讀書曾見卞氏之事乎而敢盜居丞相之位天何容乎神何宥乎樸按原本眕作盻湯訛陽並據晉書改

三代旌表門閭 楊氏

右按楊炎列傳炎鳳翔雍人也曾祖大寶唐初宰龍門劉武周陷晉大寶不屈節遇害贈全節侯祖哲有孝行旌表門閭父播高蹈山壑志慕巢由元宗徵以諫議大夫棄官就養又表門閭肅宗加散騎常侍號元靖先生炎汧雍開號爲小楊山人初爲河西書記罷副元帥李光弼奏爲判官不起肅宗徵起居舍人辭祿就養丁父憂廬於墳有紫芝白雀之祥又表門閭孝著三代門樹立闕古未有也

吮糜之聲聞數十里 尹氏

右按錄異傳周時尹氏貴盛五葉不別會食家數千人遭饑荒羅鼎作糜吮之聞數十里

三使相 孫德昭 董彦弼 周承誨

右按唐年補錄光啟三年樞密劉季述王仲山冊昭宗爲太上皇以德王裕監國欲殺崔允密以蠟絹致意告州　使孫德昭德昭結清遠都督董彥弼周承誨以除夜伏兵安福門外金吾亭子至元日仲山至遂斬之次擒季述等三將引兵至少陽院告以返正僞仲山貢進帝毀扉出御長樂樓受百官賀遂斬季述王道弼薛握四家並赤族制以德昭領靜海軍承誨邕管彥弼容管並賜扶傾定難功臣檢校太保同中書門下平章事各賜金帛數車所有珍玩咸竭而與之目曰三使相時人榮之後宴保寧殿製曲曰讚成功出戲作樊噲救君難以褒之

廣卓異記卷第十八終

廣卓異記卷第十九 舉選

宋宜黃樂　史子正撰
邑後學黃秩模正伯校

七牓院 崔邠

右按登科記元和二年崔邠爲禮部侍郎連放二牓又元和六年邠之弟郾爲禮部侍郎連放二牓元和十四年郾之弟鄲爲禮部侍郎放一牓大中七年郾之子瑤自中書舍人爲禮部侍郎又放一牓崔氏六牓皆刻石于常樂街泰寧寺時人謂之曰牓院瑤後爲陝州長史其詞曰唯爾諸父自元和代至于爾躬五十年間四主文柄上下六載輝耀一時充于庭臣皆汝門生天下以爲盛咸通十四年郾之三子瑾自中書舍人拜禮部侍郎又放一牓乃命門生韋庠刻石將飾七牓

攜門生迎家君 楊嗣復

右按摭言寶歷年中楊嗣復相公具慶下繼放兩牓時先僕射自東洛入覲嗣復率生徒迎於潼關既而大宴於新昌里第僕射與所執坐正寢公鎮諸生翼坐於兩序時元白俱在皆賦詩於席上唯刑部侍郎楊汝士詩後成元白覽之失色詩曰隔坐應須賜御屏盡將仙翰入高冥文章舊價畱鸞掖桃李新陰在鯉庭再歲生徒陳賀宴一時良史盡傳馨當年疏傅雖云盛詎有兹筵醉綠醽汝士其日大醉歸謂子弟曰我今日壓倒元白模按原本鸞字下空白一字陳字下多一後字馨訛聲醽訛醺今據摭言

並御定全唐詩補刪改正

門生引門生謁座主 崔璵 趙隲 裴暐 馬裔孫

右按唐書禮部侍郎崔璵大中六年知舉放趙隲及第至咸通七年隲自翰林學士出拜禮部侍郎知舉璵爲禮部尚書隲放牓後攜門生詣相國里謁璵集於崇南街龍興觀前進士韓衮巳下題云集此從座主侍郎 起居大座主尚書

右按五代史同光二年三年四年禮部侍郎裴暐連放三牓放馬裔孫及第後未踰九年裔孫自翰林學士禮部侍郎知舉放進士十三人乃引門生謁謝暐暐時爲兵部侍郎致仕因書一絶句曰宦途最重是文衡天與愚夫立盛名三主禮闈皆八十門生門下見門生時人榮之

及第與長行拜官相次 崔昭矩 王倜

右按摭言崔昭矩大順年中裴公下狀元及第翌日兄昭緯登昭緯中和三年亦狀元及第

右按摭言王倜是魯公損之子倜及第翌日父損登倜過堂日別見

門生先於座主佩金魚 李石

右按唐書李石元和十三年及第後二年賜緋又二年賜紫自釋褐四年內賜緋又賜金紫至長慶二年座主庾承宣內艱服闋除尚書左丞始賜金紫石乃選紫衫鑄金魚獻焉議者稱之 謹按原本承字下空白一字據摭言補

兄弟六人進士及第 韋述

右按登科記韋述并弟迪逌迴巡逌等六人皆進士及第 模按原本逌訛逌又脫逌字據唐書並氏族大全綱目尚友錄等書改增

一家八人進士及第 趙不器

右按登科記趙不器子夏日冬曦和璧安貞居貞頤貞彙貞父子八人皆進士及第內冬曦安貞神龍二年考功崔彥昭下兄弟三人及第時人謂之科第趙家 模按原本彙字空白今據唐書補

一家六人進士及第 蔣挺

右按登科記蔣挺二子洌渙挺弟播播子準洌子餗一家父子孫六人並進士及第

兄弟七人進士及第 張琪

右按登科記張琪弟瓌璝珮琬琚瑗兄弟七人並進士及第後琪爲宏文館學士瓌集賢學士

兄弟四人進士及第 常無欲

右按登科記常無欲并弟無爲無名無求皆進士及第無欲無名又拔萃入高等

兄弟五人進士及第 趙梲

右按登科記趙梲弟晳搭摶摞五人皆進士及第

兄弟三人同年及第 李義琛

右按登科記李義琛弟義琰弟上德三人武德六年進士及第一膀

四人而李氏昆季三人自有舉場已來兄弟相次擢第即多若同年
即無此盛義琛官至中書侍郎　義琰工部侍郎上德司門郎中

兄弟二人制舉同年登科 韋夏卿

右按登科記大歷年中宣政殿試茂異登科十人韋夏卿弟正卿俱
登科入高等

兄弟同年童子及第 蕭同 和

右按登科記開元十七年荆州解童子蕭同和并弟同　俱及第

父子狀元及第 歸仁紹 仁澤

右按登科記歸仁紹咸通十年狀元及第仁紹子　年亦
狀元及第

右按登科記歸仁澤乾符元年狀元及第子黯大順三年狀元及第

兄弟三人俱狀元及第 孔緯

右按登科記孔緯大中二年狀元及第弟纁咸通十四年狀元及第
緘乾符三年狀元及第

兄弟二人狀元及第 楊憑　于珪　楊贊禹

右按登科記楊憑大歷九年狀元及第弟　大歷十三年亦狀元及
第 模按原本弟字下脱一字查唐書楊憑弟凝凌二人未知孰是今空白一字

右按登科記于珪大中三年狀元及第珪之弟璵大中七年狀元及
第

右按登科記楊贊禹大順元年狀元及第弟贊圖乾寧四年狀元及

第

進士狀元却爲宏詞頭 李琚 陳諷 李程 張又新

右按登科記李琚開元二十二年進士狀元及第當年宏詞頭登科

右按登科記陳諷貞元十年進士狀元及第當年宏詞頭登科

右按登科記李程貞元十二年進士狀元及第十三年宏詞頭登科

右按登科記張又新元和九年進士狀元及第十二年宏詞頭登科

進士狀元却爲拔萃頭 王閱

右按登科記王閱天寶元年進士狀元及第八年拔萃頭登科

進士狀元却爲制舉頭 崔元翰

右按登科記崔元翰建中二年進士狀元及第貞元四年賢良方正

直言極諫科頭登科

九登科選 馮萬石

右按登科記馮萬石聖歷元年進士及第大定元年嫉惡科神龍二年才高位下科景雲三年懷能抱器科開元二年重考及第六年超羣拔類科十三年考判入等十六年又判入等二十六年文詞壯麗科凡九度登科選 模按原本作馮方石查諸書均作馮萬石又能詭龍器字空白羣拔二字倒置今改補更正

七登科選 張秀明

右按登科記張秀明景雲二年進士及第三年拔超羣流科開元二年重考及第七年超拔羣類科十八年吏部考判入等十九年又判入等二十三年宰拔科凡七登科選

三世十三牓十四人登科趙存約

右按趙氏科名錄存約之子隱拜相乃撰此錄云三世十三牓十四人登科内光啟三年放柳大夫牓再從弟兩人同年及第即昌翰光庭也内三人知貢舉樸按原本目錄内登科作及第據總目並卷首原目改又文内放訛故均改正

廣卓異記卷第十九終

廣卓異記卷第二十 神仙

宋宜黃樂　史子正撰

邑後學黃秩模正伯校

全家登仙 許眞君一

右按總記仙眞君名遜汝南人祖琰父肅世慕道晉護長史穆皆眞君之族子穆家祖孫亦得仙眞君爲旌陽縣令棄官入道道成晉元康二年八月十五日玉眞命　眞上公崔文子大元眞卿段兵仲冊爲九州都仙大使封　御史賜玉膏靈丹鳳車龍輦綵雲四合舉家四十二口拔宅上昇錦帳自雲中墮於故宅今其地有遊帷觀 模按十二眞君傳元康作太康八月十五作八月一日又原本墮訛隨遊字下即空白據太平廣記改增又按遊帷觀即今西山玉隆萬壽宮

潛山眞君二

右按眞人是臣史之遠祖按總仙記眞人名子長齊人少好道到霍林遇仙人韓衆授靈寶符傳巨勝亦杯　眞人服藥年有八十歲色如少女妻子九人皆服此藥入勞盛山昇仙住方丈之室神洲受太元生籙以五芝爲糧太上補爲修門郎位亞神次唐元宗夢二十七仙稱是二十八宿內眞人是星宿于潛山得道號潛山眞君 模按原本作二十八仙據神仙感遇傳並太平廣記改

何侯三

右按總仙記何侯者堯時隱蒼括山慕長生三百餘口耕耘舜南狩止何侯家太帝五老來謂舜曰昇舉有期翌日五帝下迎舜白日上

昇天五帝以藥一器與何侯使投酒中一家三百餘口飲不竭以餘酒灑屋宇拔宅上昇天位爲太極仙侯今九嶷山有何侯廟在舜廟側

三世六人登仙　樂淨信

右按定志經昔過去恒沙之數久遠刼時有賢信道民姓樂名淨信常以資財供養山中道士終後證爲元始天尊妻爲中侯太夫人子法解夫妻不違先君之教爲右元眞人法解妻及證爲右元眞人其二兒允祖次允小名阿奴俱爲飛仙共乘雲軿以詣天尊之所

五世十二人登仙　許肇

右按總仙記許肇長史十世祖也不知得道時在酆都爲　明公右

師晨六代孫副爲南彈方侯今爲九宮仙也副之第三子邁得道入蓋竹山爲地仙副之第四子穆晉護軍長史入華陽洞得道爲左卿仙侯署爲上清眞人王母第二十女紫微夫人與穆書云玉醴金漿交生神棃方丈火棗元光靈芝我當與山中許道士不與人間許長史穆之第二十聯十名虎死爲地仙羽穆之第三子翽名宸小字玉斧爲侍帝宸　仙翁翽之子蕃民邁妻孫氏穆妻陶氏拜斗穆孫女娥皇娥皇妹道育蕃民弟孫女瓊輝眞誥曰並皆得度也模按此條原本訛脱空白之處極多今據神仙傳並潛確類書氏族大全綱目等書畧爲增補刪改

五世爲相後登仙　張子房

右按總仙記張良字子房五世相韓良遇黃石公爲漢丞相十三年

穀成山下得黃石願棄人間事欲從赤松子遊乃學道服金丹告終幷黃石葬焉赤眉亂人發其墓但見黃石化而飛去不見其屍良登仙爲太元童子從老君於太清中

祖孫四人登仙 茅濛

右按總仙記茅濛字初成咸陽人隱華山修道當秦始皇三十一年九月龍駕白日昇天先是時有童謠曰神仙得者茅初成駕龍上昇入太清時下元洲戲赤城繼世而往在我盈始皇聞之問故老曰此仙人之謠始皇於是有棄世之志濛之元孫盈得道于金陵句曲山上昇爲東嶽上卿司命眞君太元眞人居赤城時來句曲邦人改句曲爲茅君山弟固武威太守固弟震西河太守二弟聞兄得仙乃棄官從兄學道固爲句曲眞人定保右禁郎治句曲山震爲保命地仙主司三官當時父老里唱歌曰茅山連金陵江湖據下流三君乘白鶴各治一山頭召雨澤旱田陸地亦復收妻子保堂室使我無百憂白鶴翔青天何時復來遊三君往曾各乘白鶴而集此山二三處時人見之際形于歌詠乃立廟于山東呼爲白　　而不知司命君已東之赤城也樸按原本東嶽上卿卿字空白保命地仙保字空白右禁郎右訛石並據氏族大全綱目補改又按三十一年查尚友錄作三十九年又龍駕白日昇天查洞仙傳並太平廣記龍字上有乘字駕字下有雲字又震西河太守查神仙傳震作裏集仙傳並太平廣記震作衷氏族大全綱目西河作江西

一家七人登仙 王子喬

右按總仙記王子喬周靈王之子晉也好吹笙作鳳皇鳴遊伊洛之

間道士浮邱公接以上嵩高山四千餘年後於山中見桓良曰告我家七月七日待我于緱氏山頭至是果乘白鶴駐山巔望之不得到舉手謝時人數日而去時有童謠曰王子喬好神仙七月七日上賓天白虎 瑟鳳吹笙乘雲皷氣吹日精長不歸秋山冷霑爲桐柏眞人右弼主領五嶽司侍子喬妹道香周靈王第三女宋姬之子子喬爲別生妹也 眉壽 倶入陸 道香受書爲紫清宮傳妃領東宮 夫八子 兄弟七人得道五男二女眉壽亦得道郡國至盧陵太和有玉山卽子喬曾控鶴于此旱卽祈雨禱祈時有人誤喚奴者卽無雨相傳云子喬旣爲仙奴附于此爲神至今擇烈民之爲諱 模按原本四千餘年後於山中查劉向列仙傳作三十餘年後求之於山上又緱氏山頭作緱氏山巔至是作至時駐山巔作駐山頭

兄弟四人登仙 郭四朝

右按總仙記郭四朝燕人兄弟四人求茅山學道並得仙四朝是長兄司三官六年無違遷九官左仙翁 王臺執蓋侍郎今茅山下有地名曰郭千者是四朝住宅使人種植處登仙後復憶舊居時來宴朋友

兄弟七人登仙 匡俗

右按總仙記匡俗周武時人兄弟七人皆有道術結廬于此中後得仙去空廬尚在故曰廬山漢武帝封俗爲大明君又稱廬山君 模按原本匡俗查諸書作匡裕或作匡續又周武時人查慧遠廬山記作殷周之際周景式廬山記作周威王時人又子字空白據太平寰宇記並

廬山志補

西王母五女俱爲仙官 華林　媚蘭　青娥　瑤姬　玉眞

右按西王母神仙書姓何氏字婉妗一號太虛九光龜臺金母也第三女華林字容眞爲後聖上保同南極元君紫微夫人治長離山太丹宮第十三女媚蘭字申林爲雲林右英夫人治滄浪山雲林宮降嬪于上治左卿仙侯　眞人第二十女名青娥字愈音爲紫微元宮夫人治元隴山在崑崙山東北第二十三女名瑤姬爲雲華上宮夫人理玉英臺曾遊巫山小女玉眞夫人降嬪元都太眞王養女是何參軍之女王母使事劉　於　間所得手巾裹雞舌香巾乃是火浣布 模按原本姓何氏老子枕中經作姓楊名回集仙錄作姓侯氏列仙傳作姓緱諱回

預知元女神君 道士王遠知

右按唐書道士王遠知師梁陶先生傳符籙太宗潛龍時與房元齡往謁遠知指秦王曰上應天命下濟蒼生指元齡曰聖君之輔也尋入少室山年一百二十六歲臨終語子紹業曰汝年六十五當謁金闕聖后七十當逢元女神君紹業以其言奏之至年六十五遇高宗垂拱初年七十遇天后臨朝召見加贈遠知金紫光祿大夫其預知如此 模按原本語訛諸又至年六十五訛六十六今並改正

廣卓異記卷第二十終

图书在版编目（CIP）数据

广卓异记 /（宋）乐史撰．—北京：中国书店，2013.8

ISBN 978-7-5149-0804-6

Ⅰ.①广… Ⅱ.①乐… Ⅲ.①笔记小说—中国—南宋 Ⅳ.①I242.2

中国版本图书馆 CIP 数据核字（2013）第 119170 号

ISBN 978-7-5149-0804-6

9 787514 908046 >

廣卓异記

一函二册

作者 宋·樂史撰
出版發行 中國書店
地址 北京市西城區琉璃廠東街一一五號
郵編 一〇〇〇五〇
印刷 杭州蕭山古籍印務有限公司
版次 二〇一三年八月第一版第一次印刷
書號 ISBN 978-7-5149-0804-6
定價 四八〇元